Zwischen Noten und Liebe

Glenda Peti

Dies ist eine frei erfundene Geschichte.
Ähnlichkeiten mit real existierenden Perso-
nen sind zufällig und nicht beabsichtigt.

Inhaltsverzeichnis

Kapitel 1

Die Morgensonne malte goldene Schleier über Hemmelsheim, eine Stadt, die wie aus einem Märchenbuch zu stammen schien. Mit ihren verwinkelten Gassen und bunten Häusern, die Geschichten aus vergangenen Zeiten zu flüstern schienen, erwachte sie zum Leben.

In einem der charmanten, alten Häuser, umgeben von liebevoll gepflegten Blumenbeeten, war Maria zuhause. Ihr Zimmer im obersten Stockwerk war ein Refugium ihrer Leidenschaft: Musik. Ein altes Klavier, das Zentrum des Raumes, umgeben von Regalen voller Notenblätter und Kompositionen, zeugte von ihrem Talent.

Maria, mit ihren langen, schwarzen Locken, die in weichen Wellen um ihre Schultern fielen, saß am Klavier. Die Musik, die unter ihren Fingern zum

Leben erwachte, war ihre stille Flucht, ein verborgener Garten ihrer Gefühle. Hier fühlte sie sich frei und verstanden.

Ihre Finger ruhten einen Moment lang auf den kühlen, elfenbeinfarbenen Tasten, bevor sie begann, Chopins Nocturne in e-Moll zu spielen.

Die ersten Töne waren weich und nachdenklich, fast als würden sie zögernd aus der Stille heraus geboren.

Maria ließ ihre Finger sanft über die Tasten gleiten, jeder Anschlag eine feinfühlige Berührung.

Die Melodie schwebte in der Luft, trug eine Melancholie, die so typisch für Chopins Werke war.

In den leiseren Passagen des Stücks brachte Maria eine emotionale Tiefe hervor, die weit über die Noten auf dem Blatt hinausging.

Sie schloss die Augen, verlor sich in der Musik, ließ ihre Gefühle und Gedanken durch die sanften Klänge sprechen.

Jede Note schien zu atmen, zu leben, getragen von einem tiefen Verständnis der Komposition.

Als das Stück an Intensität zunahm, folgten ihre Hände dieser Entwicklung. Ihre Finger bewegten sich mit mehr Nachdruck, doch ohne ihre Anmut zu verlieren. Die kraftvollen, leidenschaftlichen Teile des Nocturne brachten eine neue Energie in ihr Spiel.

Es war, als ob Maria durch die Musik eine Geschichte erzählte – eine Geschichte von Sehnsucht, von Liebe, von Schmerz und Hoffnung.

Mit dem abschließenden Akkord ließ sie ihre Hände langsam von den Tasten sinken. Einen Moment lang verharrte sie regungslos, dann öffnete sie ihre Augen.

Die letzten Klänge des Nocturne hallten noch im Raum nach, ein Echo der Emotionen, die sie so meisterhaft zum Ausdruck gebracht hatte.

Ein sanftes Klopfen an ihrer Tür unterbrach ihre Konzentration.

«Maria, darf ich reinkommen?»

Es war Marlen, Marias beste Freundin. Mit ihren leuchtend roten Haaren und einem Lächeln auf den Lippen brachte sie Freude und Inspiration in den Raum.

«Natürlich», antwortete Maria und lächelte, als sie ihre Freundin erblickte.

«Ich habe gehört, dass bald ein Musikwettbewerb stattfindet», begann Marlen, sich auf Marias Bett setzend. «Du solltest dich anmelden. Dein Talent verdient es, gehört zu werden.»

Maria zögerte. «Ich spiele meistens nur für mich. Ich weiß nicht, ob ich bereit für eine Bühne bin.»

Marlen stand auf und ging zum Klavier.

«Aber genau das macht dich so besonders. Deine Musik kommt von Herzen.»

Das Kompliment und die Ermutigung ihrer Freundin berührten Maria. Vielleicht hatte Marlen recht. Es könnte eine Chance sein, zu wachsen, nicht nur als Musikerin, sondern auch als Person.

«Vielleicht hast du recht», sagte Maria nachdenklich. «Es könnte eine Chance sein, zu wachsen, nicht nur als Musikerin, sondern auch als Person.»

Marlen umarmte sie. «Genau das meine ich. Es ist Zeit, dass die Welt deine Musik hört.»

Gemeinsam machten sie sich auf den Weg zur Buchhandlung, in der die Anmeldung stattfinden sollte.

Unterdessen schlängelte sich Alex durch die noch ruhigen Straßen von Hemmelsheim. Sein Haar war verwuschelt wie immer, obwohl er es gerade erst gekämmt hatte.

Als er durch die Straßen lief, spürte er die prickelnde Aufregung des bevorstehenden Tages. Fußball war seine Welt, aber tief in seinem Herzen gab es einen stillen Raum, in dem die Liebe zur Musik lebte – eine Leidenschaft, die er selten mit anderen teilte.

Marlen und Maria traten gerade auf die Buchhandlung zu, als Marlens Mutter aus der Tür des benachbarten Bekleidungsgeschäfts trat.

«Marlen, super, dass du da bist, ich brauche dich mal kurz», sagte sie und ging wieder ins Geschäft.

«Schaffst du das alleine?», fragte Marlen ihre Freundin. Maria nickte.

Als Maria die Buchhandlung betrat, um sich für den Musikwettbewerb anzumelden, konnte man ihr die Nervosität ansehen. Die Buchhandlung, ein Treffpunkt für Kunst und Kultur, war für sie normalerweise ein Ort der Zuflucht, aber heute fühlte sie sich wie eine Fremde inmitten der aufgeregten Stimmen.

Sie hielt sich so oft in der Buchhandlung auf, da sie neben der Musik auch gerne Bücher las. Außerdem gab es hier die besten Notenbücher in der ganzen Stadt.

Ihr Blick traf auf Alex, der lebhaft mit dem Organisator des Wettbewerbs sprach. Seine Ausstrahlung war wie ein Leuchtfeuer in der morgendlichen Stille.

Maria spürte, wie ihr Herz einen Schlag übersprang. Sie war fasziniert von seiner offenen Art, die so ganz anders war als ihre eigene.

Alex bemerkte Maria, als sie sich zaghaft näherte. Ihr stilles Wesen und die sanfte Schönheit, die sie ausstrahlte, fingen seine Aufmerksamkeit. Sie war wie eine ruhige Melodie, die sich von der lauten Welt abhob. Die Tatsache, dass sie auch am Wettbewerb teilnehmen würde, weckte in ihm ein unerwartetes Interesse.

Während Maria an der Anmeldetheke stand, um ihre Teilnahme zu bestätigen, spürte sie Alex' Blick auf sich ruhen.

Ihre Hände zitterten leicht, als sie das Formular ausfüllte, und sie konnte das Erröten in ihrem Gesicht nicht verhindern. Ein kurzer, fast schüchterner Blickkontakt zwischen ihnen verriet mehr, als Worte es je könnten.

Maria fühlte sich von der Energie, die Alex ausstrahlte, angezogen, und sie konnte die subtile Anziehung zwischen ihnen förmlich in der Luft spüren.

Als sie sich wieder abwandte, um ihr Formular abzugeben, konnte sie nicht leugnen, dass dieser Moment etwas in ihr ausgelöst hatte, das ihr Herz schneller schlagen ließ.

Maria, die sich am Rande des Raumes hielt, spürte, wie die Anwesenheit von Alex eine ungewohnte Welle der Neugier in ihr weckte.

Ein längerer Blick von ihm, der ihre Augen auf sich zog, brachte ein zartes Lächeln auf ihre Lippen, während sie ihre Finger nervös über das Anmeldeformular gleiten ließ.

Ein unwillkürliches Zittern ihrer Hand zeugte von der inneren Aufregung, die sie verspürte, während sie seine Interaktion mit anderen beobachtete. Seine Leichtigkeit im Umgang mit Menschen war etwas, das ihr so fremd war, und doch so bewundernswert.

Alex, der sich durch die Menge bewegte, spürte Marias Blick wie einen Magneten. In ihren Augen erkannte er einen Ausdruck von Tiefe und Verständnis, der ihn faszinierte.

«Du bist also auch hier, um dich anzumelden?», fragte er mit einem freundlichen Lächeln.

Maria nickte, überrascht von seiner direkten Ansprache. Ihre Stimme war leise, aber klar, als sie antwortete: «Ja, ich… ich liebe es, zu komponieren und zu spielen. Es ist mein erstes Mal bei so einem Wettbewerb.»

«Das ist großartig!», erwiderte Alex mit aufrichtiger Begeisterung. Während er sprach, konnte er nicht umhin, den zarten Glanz in ihren Augen zu bemerken, der von ihrer inneren Freude zeugte.

«Was spielst du am liebsten?»

«Klassische Stücke und eigene Kompositionen», sagte Maria, ein noch breiteres Lächeln umspielte ihre Lippen.

«Musik ist für mich wie ein eigenes Universum.»

Alex war beeindruckt von ihrer Leidenschaft und spürte, wie seine eigene Anziehung zu ihr wuchs.

«Das klingt unglaublich. Ich spiele Gitarre und Klavier, aber ich bin mehr in der Rock- und Popwelt zu Hause. Vielleicht könnten wir mal zusammen jammen?»

Während er sprach, blickte er ihr tief in die Augen.

Marias Wangen erröteten, als Alex den Vorschlag machte, gemeinsam Musik zu machen. Ihr Herz begann schneller zu schlagen, und ihre Augen fingen an zu funkeln.

«Das… das wäre schön», stammelte sie, ein unwillkürliches Lächeln spielte um ihre Lippen.

In diesem Moment kündigte der Organisator des Wettbewerbs an, dass die Anmeldefrist bald enden würde. Maria spürte, wie ihr Puls bei der Aussicht auf das, was vor ihnen lag, noch schneller wurde. Die beiden tauschten noch ein paar Worte aus, ihre Blicke trafen sich immer wieder, und die subtile Anziehung zwischen ihnen wurde mit jedem Moment stärker.

Als Maria das Gebäude verließ, spürte sie ein seltsames Gefühl der Vorfreude in ihrer Brust. Alex hatte etwas in ihr geweckt, eine Mischung aus Aufregung und Angst, die sie seit Langem nicht gespürt hatte.

Marlen wartete bereits auf sie.

«Ich habe mich getraut, Marlen! Ich habe das Anmeldeformular wirklich abgegeben» sagte sie mit strahlenden Augen. Die Begegnung mit Alex behielt sie zunächst für sich.

«Das hast du großartig gemacht, Maria!», sagte Marlen mit einem aufmunternden Lächeln. Die beiden Freundinnen umarmten sich kurz, bevor Marlen wieder in das Geschäft ihrer Eltern ging.

Maria ging nach Hause und dachte die ganze Zeit an Alex. Wie er sie ange-

schaut hatte! So, als ob die Buchhandlung leer gewesen wäre und außer ihm
nur sie im Raum gewesen sei.

Alex, der kurz darauf die Buchhand-
lung verließ, fühlte sich seltsam belebt.
Maria, mit ihrer ruhigen Art und ihrer
Leidenschaft für Musik, war wie eine
frische Melodie in seinem gewohnten
Rhythmus.

Sein Herz hatte schneller geschlagen,
als er sie angesehen hatte, und er
konnte kommende Begegnungen kaum
erwarten.

Kapitel 2

Die Tage in Hemmelsheim vergingen, und mit ihnen wuchs die Aufregung um den bevorstehenden Musikwettbewerb. Die Stadt summte vor Vorbereitungen und Erwartungen, während die Teilnehmer ihre Stücke entwarfen, verfeinerten und ihre Nerven zu bändigen versuchten.

Maria verbrachte ihre Zeit zwischen Schule, Marlen, der Buchhandlung und ihrem kleinen Musikzimmer, das nun mehr denn je ihr heiliger Rückzugsort war.

Die Vorstellung, vor einem Publikum zu spielen, füllte sie mit einem Gemisch aus Angst und Vorfreude. Ihre Kompositionen, einst stille Gefährten in einsamen Stunden, würden bald das Licht der Öffentlichkeit erblicken.

Die feinen Züge ihres Gesichts zeigten Anspannung und Erwartung, aber auch eine innere Entschlossenheit. Maria spürte, wie ihre Handflächen leicht schwitzten, als sie die Notenblätter durchging und jedes Detail ihres Stücks überdachte.

In diesen Tagen der Vorbereitung fand sie sich oft in Gedanken an Alex, dessen unerwartete Ermutigung ihr einen Schub an Selbstvertrauen gegeben hatte.

Alex fand kaum Zeit für Ruhe. Zwischen Fußballtraining und Musikproben balancierte er seine Verpflichtungen mit einer Energie, die ihm selbst manchmal fremd vorkam.

Die Vorstellung von Maria, wie sie am Klavier saß und mit leuchtenden Augen von Musik sprach, ließ ihn nicht los.

Seine Schritte wurden oft schneller, wenn er in die Nähe der Buchhandlung kam, in der Hoffnung, sie zufällig zu treffen.

Seine Augen, die normalerweise vor Selbstvertrauen sprühten, zeigten nun einen Hauch von Unsicherheit, wenn er an sie dachte.

Das Schicksal spielte ihnen wieder in die Hände, als sie sich eines Nachmittags erneut in der Buchhandlung begegneten. Maria war auf der Suche nach Noten für ihr Klavierstück, während Alex zufällig nach einem neuen Gitarrenbuch Ausschau hielt.

«Maria!», rief Alex, als er sie zwischen den Regalen entdeckte. Sein Gesicht erhellte sich in einem breiten Lächeln. «Wie laufen deine Vorbereitungen für den Wettbewerb?»

Seine Augen verrieten die Freude und Aufregung, sie wiederzusehen, und seine Worte waren von einer wärmeren Intensität durchdrungen.

Maria drehte sich um, überrascht und erfreut zugleich. Ein längerer Blick von Alex, der ihre Augen auf sich zog, brachte ein sanftes Erröten auf ihre Wangen. Ihr Herz schlug schneller in seiner Nähe.

«Alex! Es läuft… gut, denke ich. Ich bin immer noch ein bisschen nervös.»

Alex, der ihre Reaktion bemerkte, lächelte sanft und legte eine beruhigende Hand auf ihre Schulter.

«Ich bin sicher, du wirst großartig sein», sagte er mit einer Zuversicht, die Maria berührte. Seine Hand, die auf ihrer Schulter ruhte, sandte eine warme Botschaft der Unterstützung.

«Erinnerst du dich an unser Gespräch über das gemeinsame Jammen?», fuhr er fort. «Ich würde wirklich gerne hören, was du komponiert hast.»

Maria zögerte einen Moment, bevor sie mit einem unwillkürlichen Lächeln nickte.

«Ja, ich… ich würde dir gerne meine Musik zeigen. Vielleicht könntest du mir auch ein bisschen von deiner zeigen?»

«Absolut!» Alex' Augen funkelten vor Begeisterung. Ein Hauch von Aufregung lag in der Art, wie er sie ansah.

«Lass uns einen Tag ausmachen. Wie wäre es mit diesem Samstag?»

«Samstag klingt gut», stimmte Maria zu, ihre Hände zitterten leicht vor Vorfreude, aber ihr Lächeln war strahlend.

Sie tauschten Details aus, und als Maria die Buchhandlung verließ, fühlte sie sich leichter und erfüllt von einer angenehmen Aufregung.

Die Aussicht, mit Alex Musik zu machen, gab ihr eine neue Perspektive auf den Wettbewerb.

In den Tagen vor ihrer ersten gemeinsamen Probe mit Alex besuchte Maria Marlen. Diese wusste natürlich inzwischen längst Bescheid.

«Ich bin so nervös», gestand Maria. «Was, wenn ich nicht gut genug bin?»

Marlen legte beruhigend ihre Hand auf Marias Schulter. «Du bist unglaublich talentiert, Maria. Lass deine Musik sprechen. Alex wird das sehen. Und ich bin immer hier, um dich zu unterstützen.»

Samstag kam schneller, als Maria es erwartet hatte.

Die aufkeimende Nervosität, die sich in den Tagen davor in ihr aufgebaut hatte, verwandelte sich in ein Kribbeln der Vorfreude, als sie die letzte Note auf ihrem Klavier spielte.

Sie hatte Stunden damit verbracht, ihre Komposition zu perfektionieren, sich vorzustellen, wie es wäre, sie Alex vorzuspielen. Ihre Hände zitterten vor Aufregung und Erwartung, als sie sich auf das bevorstehende Treffen mit ihm vorbereitete.

Als es an ihrer Tür klopfte, zuckte sie zusammen und ihr Herz begann schneller zu schlagen. Tief durchatmend, ging sie zur Tür und öffnete sie.

Alex stand da, lächelnd, eine Gitarre über der Schulter. Sein Blick haftete einen Moment länger auf ihr, bevor er ihre Augen suchte, und in diesem Augenblick konnte Maria eine leichte

Verlegenheit in seiner Körperhaltung und einen sanften Ausdruck der Vorfreude auf seinem Gesicht erkennen.

«Bereit, Musik zu machen?», fragte er, seine Augen leuchtend vor Begeisterung.

Maria nickte, ein Lächeln umspielte ihre Lippen. Ihre Augen funkelten vor Aufregung und Freude.

«Komm rein», sagte sie und führte ihn in ihr Musikzimmer.

Das Zimmer war klein, aber gemütlich, mit Bücherregalen, die bis zur Decke reichten, und einem alten, aber gut gepflegten Klavier, das im Zentrum stand.

Alex ließ seinen Blick durch den Raum schweifen, wobei er die Einzelheiten bewusst aufnahm.

«Toll ist es hier», bemerkte er, während er seine Gitarre abstellte. «Ein echtes Künstlerrefugium.»

Maria fühlte sich durch sein Kompliment geschmeichelt und gleichzeitig ein wenig verlegen. Ihr Körper entspannte sich jedoch allmählich in seiner Gegenwart, und sie spürte eine tiefe Verbindung zwischen ihnen.

«Danke. Ich verbringe viel Zeit hier.»

Sie setzten sich, Maria am Klavier und Alex mit seiner Gitarre. Zuerst spielten sie ein paar Aufwärmübungen, um sich gegenseitig an ihre Stile zu gewöhnen.

Dann nickte Maria und begann, die ersten Takte ihrer Komposition zu spielen. Die Noten füllten den Raum, sanft und doch kraftvoll, ein Spiegelbild ihrer tiefsten Emotionen.

Während sie spielte, bemerkte sie, wie Alex' Finger sanft über die Saiten seiner Gitarre glitten, und sein Lächeln vertiefte sich.

Alex hörte zu, fasziniert von der Schönheit und Komplexität ihrer Musik. Man konnte ihm seine tiefe Bewunderung für ihre Fähigkeiten direkt ansehen. Als sie endete, war es einen Moment lang still.

«Das war wunderschön», sagte er ehrlich, und seine Stimme hatte einen sanften Klang. «Deine Musik… sie hat etwas Magisches.»

Maria errötete leicht, aber ihr Herz fühlte sich leichter an.

«Danke. Es bedeutet mir viel, das zu hören.»

In diesem Augenblick war die Musik nicht die einzige Verbindung zwischen ihnen.

Dann war es an Alex, seine Fähigkeiten zu zeigen. Er wählte ein lebhaftes Gitarrenstück, das er selbst geschrieben hatte. Seine Finger tanzten geschickt über die Saiten, und die Melodie, die er schuf, war eine Mischung aus Melancholie und Hoffnung.

Während er spielte, konnte Maria die Gefühle in seiner Körpersprache erkennen: Die Spannung in seinen Schultern, als er in die anspruchsvollen Passagen des Stücks eintauchte, und das sanfte Lächeln, das seine Lippen zierte, als er die leisen Töne zupfte. Es war eine andere Seite von ihm, die Maria bisher nicht gekannt hatte.

Als der letzte Akkord verklungen war, sahen sie sich an, ein gegenseitiges Verständnis in ihren Blicken. Maria spürte, wie ihr Herz schneller schlug, und sie konnte in Alex' Augen lesen, dass er ihre Reaktion genau verstand.

«Du bist wirklich talentiert», sagte Maria, ihre Augen glänzend. Ein unwillkürliches Zittern ihrer Hand verriet die Aufregung, die sie in diesem Moment empfand.

«Danke, und du auch», antwortete Alex. Sein Blick auf Maria war intensiv und voller Anerkennung. «Weißt du, wir könnten zusammen etwas wirklich Einzigartiges kreieren. Vielleicht für den Wettbewerb?»

Der Vorschlag überraschte Maria, aber je mehr sie darüber nachdachte, desto mehr gefiel ihr die Idee.

Ein längerer Blick zwischen ihnen verriet, dass sie beide spürten, wie stark ihre musikalische Verbindung war.

«Das… das klingt eigentlich ziemlich gut», sagte sie nachdenklich, und ein leichtes Erröten stieg in ihre Wangen.

So begannen sie, gemeinsam an einem Stück zu arbeiten, das ihre individuellen Talente und Stile vereinte. Die Stunden vergingen, während sie experimentierten und Ideen austauschten. Ihre Musik entwickelte sich zu etwas, das mehr war als die Summe seiner Teile – es war ein echtes Zusammenspiel zweier Seelen.

Als der Abend hereinbrach, hatten sie die Grundlagen für ihr gemeinsames Stück gelegt. Maria fühlte sich belebt, inspiriert von der Zusammenarbeit. Ein längerer Blick zwischen ihnen hatte eine tiefe Verbindung gezeigt, und sie konnte die Aufregung in Alex' Körperhaltung spüren, als er sich für den Abschied vorbereitete.

Alex wiederum teilte ihre Begeisterung; in ihrer Musik hatte er eine neue Herausforderung und eine neue Freude gefunden.

«Das wird beim Wettbewerb etwas Besonderes», sagte er, als er sich zum Gehen vorbereitete. Seine Worte waren begleitet von einem Lächeln, das seine Begeisterung und Zuversicht widerspiegelte.

«Ja, das wird es», stimmte Maria zu. Sie hatte ebenfalls ein warmes Lächeln auf ihren Lippen.

Nachdem Alex gegangen war, saß Maria noch eine Weile am Klavier, nachdenklich und doch erfüllt. Sie konnte es kaum erwarten, wohin ihre musikalische Reise sie führen würde.

Kapitel 3

Sonntagmorgen war Maria in ihre Musiknoten vertieft, als ihre Mutter das Thema anschnitt, das seit gestern in der Luft lag.

Ihr Vater, der einen Moment seine Zeitung beiseitelegte, warf einen besorgten Blick auf sie. Ein längerer Blick zwischen ihren Eltern verriet ihre Besorgnis.

«Maria, wer war der junge Mann, der dich gestern besucht hat?», fragte ihre Mutter mit einer leicht hochgezogenen Augenbraue, der ihre Neugierde zeigte.

Maria zuckte leicht zusammen, und ihre Finger zitterten für einen Moment, bevor sie ihre Musiknoten als Schild vor sich hielt.

Sie hatte gehofft, dieses Gespräch würde noch etwas auf sich warten lassen.

«Das ist Alex, ein Freund aus der Schule. Er ist auch Musiker», erklärte sie, während sie ihre Worte leise und bestimmt aussprach. Ihre Körpersprache zeigte eine gewisse Zurückhaltung, aber auch Entschlossenheit.

Ihr Vater sprach, und seine Stimme hatte einen ernsten Ton.

«Du weißt, wie wichtig dein Musikstudium ist, Maria. Dein Abschluss steht bevor, und du musst dich darauf konzentrieren. Ein junger Mann könnte eine Ablenkung sein.»

In seinem Gesicht konnte man die Sorge und die Erwartung sehen, die er an seine Tochter richtete.

Maria spürte ein Gefühl der Beklemmung, aber sie wusste, dass sie ihre Gefühle und Gedanken ausdrücken musste.

«Ich verstehe eure Sorgen», sagte sie sanft. «Aber Alex ist auch ein leidenschaftlicher Musiker. Er inspiriert mich, und wir üben zusammen für den Wettbewerb.»

Ihre Mutter seufzte, ein Ausdruck der Fürsorge in ihren Augen.

«Wir wollen nur das Beste für dich, Liebling. Liebe und Beziehungen können warten, bis du deinen Abschluss in der Tasche hast.»

Maria fühlte den Druck dieser Erwartungen. Sie liebte die Musik, sie war ein Teil von ihr, aber die Begegnung mit Alex hatte etwas in ihr geweckt, das über die Noten auf dem Papier hinausging.

Ihr Herz klopfte schneller, und ihre Handflächen wurden leicht feucht.

«Ich verspreche, dass ich mich auf meine Abschlussprüfungen konzentrieren werde», sagte sie, aber in ihrem Herzen fragte sie sich, ob sie wirklich zwischen Herz und Pflicht wählen musste.

Nach dem Gespräch mit ihren Eltern suchte Maria Marlen auf. Sie brauchte einen Rat, jemanden, der verstand.

«Marlen, ich fühle mich so zerrissen», erklärte Maria.

«Hör zu, Maria. Du darfst nicht zulassen, dass die Ängste anderer deine Träume beherrschen», riet Marlen. «Du musst das tun, was dein Herz dir sagt. Und wenn das bedeutet, Zeit mit Alex zu verbringen, dann tu es.»

Diese Worte stärkten Maria. Marlen hatte recht.

Der Tag verging in einem Wirbel aus Noten und Lehrbüchern, unterbrochen von Momenten, in denen ihre Gedanken zu Alex abschweiften. Ihre gemeinsame Musiksession hatte eine Saite in ihr zum Schwingen gebracht, die sie nicht mehr ignorieren konnte.

Nach ihrer gemeinsamen Musiksession fand sich Alex zu Hause bei seinem Vater wieder, der ihn bei einer Tasse Kaffee am Küchentisch erwartete. Alex' Vater war ein pragmatischer Mann, der seit dem frühen Tod von Alex' Mutter die Doppelrolle als Vater und Mutter übernommen hatte. Fußball war immer ein Bindeglied zwischen ihnen gewesen, eine gemeinsame Leidenschaft.

«Wie läuft es beim Fußball, Alex?», fragte sein Vater, während er einen Blick auf die zahlreichen Trophäen warf, die in einem Regal standen. Der Ausdruck seiner Augen verriet eine gewisse Sorge um seinen Sohn.

Alex rührte in seinem Kaffee, seine Gedanken noch immer bei Maria und der Musik.

«Es läuft gut, Vater. Das Team bereitet sich auf das große Turnier in vier Wochen vor.»

Sein Vater nickte zufrieden.

«Du weißt, wie wichtig dieses Turnier ist. Ein gutes Abschneiden könnte dir ein Stipendium fürs College sichern. Du musst dich darauf konzentrieren.»
Die Worte seines Vaters erinnerten ihn an seine Verantwortung, aber sein Herz zog ihn gleichzeitig in eine andere Richtung.

Alex spürte den Druck dieser Worte tief in seinem Inneren. Sein Vater, ein Mann mit klaren Vorstellungen von der Zukunft seines Sohnes, hatte große Hoffnungen auf ein College-Stipendium gesetzt, als Weg zu einer besseren Zukunft.

Während er seinem Vater antwortete, versuchte er, seine Unsicherheit zu verbergen, doch seine Körpersprache verriet den inneren Konflikt.

Seine Schultern waren leicht gesenkt, und sein Blick schweifte ab, als er über seine Verpflichtungen gegenüber dem Fußball nachdachte.

Aber in seinem Herzen wusste Alex, dass etwas sich verändert hatte. Die Musik und Maria hatten einen neuen Wunsch in ihm entfacht, etwas, das über den Fußballplatz hinausging.

Ein unwillkürliches Lächeln erschien auf seinem Gesicht, als er an die Momente der Zusammenarbeit mit Maria dachte.

Er fragte sich, ob es möglich war, sowohl seinem Vater gerecht zu werden als auch seiner neu entdeckten Leidenschaft für die Musik nachzugehen.

«Alex, du hast ein großes Talent. Nutze es», sagte sein Vater ernst, aber mit einem liebevollen Unterton, und legte eine Hand auf Alex' Schulter. Der längere Blick, den sie austauschten, zeigte das tiefe Verständnis zwischen ihnen, aber auch die Herausforderungen, die vor ihnen lagen.

«Danke, Vater. Ich verstehe», antwortete Alex, sein Herz hin- und hergerissen zwischen Pflicht und Leidenschaft.

Später in seinem Zimmer nahm er seine Gitarre in die Hand.

Das Stück, das er wählte, war eine Eigenkomposition, ein Spiegelbild seiner inneren Kämpfe zwischen der Welt des Fußballs und der Leidenschaft für die Musik.

Die ersten Töne waren weich und melancholisch, fast wie ein sanftes Seufzen. Seine Finger bewegten sich langsam über die Saiten, als würden sie die Tiefe seiner Gedanken und die Schwere seiner Entscheidungen ausdrücken. Jeder Akkord klang wie ein Echo der Zerrissenheit in seiner Seele, ein musikalischer Ausdruck der Unsicherheit und des Zweifels, die ihn umgaben.

Dann, fast unmerklich, begann das Tempo zu steigen. Die Melodie nahm an Intensität zu, als würden seine Emotionen und Gedanken an Kraft gewinnen.

Die schnelleren Passagen spiegelten seine Entschlossenheit und seinen Mut wider, seine Träume und Wünsche nicht aufzugeben. Die Musik wurde kraftvoller, dynamischer, fast kämpferisch, als wollte er sich gegen die Ketten der Erwartungen und den Druck, der auf ihm lastete, auflehnen.

Im Wechselspiel zwischen den langsamen, nachdenklichen Teilen und den lebhafteren, entschlossenen Abschnitten offenbarte das Stück die ganze Bandbreite von Alex' Emotionen.

Es war, als würde er durch die Musik einen Weg durch seine Konflikte suchen, eine Harmonie in der Dissonanz seiner Gefühle finden.

Als das Stück schließlich endete, ließ Alex die Gitarre langsam sinken.

Er atmete tief durch, die Nachklänge seiner Komposition noch in der Luft. In diesem Moment, umgeben von der Dunkelheit seines Zimmers, fühlte er eine Klarheit in sich.

Die Musik hatte ihm geholfen, seine
Gedanken zu ordnen und seine Entschlossenheit zu festigen.

Kapitel 4

Die nächsten Wochen waren für Maria und Alex eine Zeit intensiver Vorbereitung und innerer Auseinandersetzung.

Während Maria ihre Zeit zwischen intensiven Klavierübungen und dem Studium für ihre Abschlussprüfungen aufteilte, rang Alex auf dem Fußballfeld und in seinen musikalischen Bemühungen mit seinen Ambitionen und Zweifeln.

In der Schule kreuzten sich ihre Wege immer wieder, oft nur für kurze Momente zwischen den Klassen.

Ein Lächeln, ein flüchtiger Blick – diese kleinen Begegnungen wurden zu leuchtenden Momenten in ihren ansonsten anspruchsvollen Tagen.

Maria spürte, wie der Druck stieg. Die Abschlussprüfungen rückten näher, und die Erwartungen ihrer Eltern schienen mit jedem Tag zu wachsen.

In den seltenen Augenblicken der Ruhe fand sie Trost in der Musik, in den Melodien, die sie und Alex gemeinsam erschaffen hatten.

Inmitten der Vorbereitungen traf sich Maria häufig mit Marlen. «Ich weiß nicht, ob ich das alles schaffe», gestand Maria während einer Kaffeepause.

Marlen sah sie direkt an. «Du bist stärker, als du denkst, Maria. Und denk daran, du hast Alex und mich. Wir sind hier, um dich zu unterstützen.»

Eines Nachmittags, nach einer langen Übungssession in der Schule, fand Maria eine Nachricht von Alex auf ihrem Handy. «Lass uns heute Abend treffen», stand dort geschrieben.

Ihr Herz schlug schneller bei der Vorstellung, ihn heute Abend wieder zu sehen.

Sie trafen sich im Park, unter den alten Eichen, die Zeugen so vieler Geschichten Hemmelsheims waren.

Alex sah nachdenklich aus, als er auf sie zuging. Seine Schritte waren langsam, und seine Augen trugen einen Ausdruck der Ernsthaftigkeit, der in ihrer Körpersprache widergespiegelt wurde. Sein trauriger Blick, als er sie erreichte, verriet die Tiefe seiner Gefühle.

«Maria», begann er, «ich stehe vor einer schwierigen Entscheidung. Das Fußballturnier steht bevor, und mein Vater setzt große Hoffnungen in ein Stipendium. Aber die Musik… mit dir… es hat etwas in mir verändert.»

Alex' Hände zitterten leicht, eine unbewusste Mikroexpression seiner inneren Unruhe.

Maria hörte ihm zu, ihr Herz schwer von Empathie. Sie konnte die Spannung in seinen Schultern spüren, während er sprach.

«Ich verstehe das», sagte sie leise. «Ich stehe auch unter Druck. Meine Eltern, die Prüfungen… Es ist nicht einfach.»

Ihre Stimme war ruhig, aber in ihren Augen spiegelte sich die gleiche Ernsthaftigkeit wie in seinen.

Sie saßen eine Weile schweigend da, jeder in seinen Gedanken verloren.

Dann nahm Alex ihre Hand, eine Geste, die mehr sagte als Worte. Die sanfte Berührung ihrer Finger drückte Nähe und Verbindung aus.

Die Art und Weise, wie er ihre Hand hielt, zeigte, dass er sich ihrer Gefühle bewusst war.

«Was auch immer passiert, ich möchte, dass du weißt, wie sehr du mich inspiriert hast. Unsere Musik, die Momente zusammen… sie bedeuten mir so viel.»

Alex' Stimme war leise, aber voller Aufrichtigkeit.

Maria sah in seine Augen und fand dort einen Spiegel ihrer eigenen Gefühle.

«Alex, ich… ich fühle dasselbe. Aber wir müssen auch realistisch sein. Unsere Verpflichtungen…»

«Ja», unterbrach er sie sanft, «unsere Verpflichtungen. Aber ich möchte nicht, dass das bedeutet, unsere Träume aufzugeben.»

Die Luft im Park war erfüllt von der Frische des beginnenden Herbstes. Maria und Alex saßen nebeneinander, eingehüllt in eine Stille, die mehr sagte als Worte. Der Mond warf ein sanftes Licht auf ihre Gesichter.

«Wir könnten…», begann Maria zögerlich, «vielleicht finden wir einen Weg, beides zu tun. Unsere Verpflichtungen zu erfüllen und unserer Leidenschaft für die Musik zu folgen.»

Alex nickte.

«Ich habe darüber nachgedacht. Vielleicht könnten wir unsere Übungszeiten besser planen, um sowohl dem Fußball als auch der Musik gerecht zu werden.»

«Und ich könnte meine Lernzeiten umstrukturieren, sodass ich genug Zeit für unsere gemeinsame Musik habe», fügte Maria hinzu, ihre Stimme von neuer Entschlossenheit getragen.

«Wir müssen nur kreativ sein und hart arbeiten.»

Ein Lächeln breitete sich auf Alex' Gesicht aus, begleitet von einem Ausdruck der Erleichterung.

«Genau. Wir lassen uns von unseren Herausforderungen nicht unterkriegen, sondern nutzen sie als Sprungbrett.»

Sie sprachen weiter über ihre Pläne, wie sie ihre Zeit effektiv nutzen und sich gegenseitig unterstützen könnten.

Es war nicht nur eine Diskussion über Logistik; es war ein Austausch von Hoffnungen und Träumen, ein Versprechen, sich nicht von den Hürden des Lebens abbringen zu lassen.

Als der Abend fortschritt, verabschiedeten sie sich mit einem Gefühl der Zuversicht.

Maria ging nach Hause, ihre Gedanken klarer als zuvor.

Alex hingegen ging mit einem Gefühl der Bestimmung. Die Gespräche mit Maria hatten ihm eine neue Perspektive gegeben. Ein Lächeln zeigte sich auf seinem Gesicht, als er über die Zukunft nachdachte.

Er war bereit, sich den Herausforderungen zu stellen und dabei sein Herz nicht zu vergessen.

In den folgenden Tagen setzten Maria und Alex ihre Pläne in die Tat um. Sie nutzten jede freie Minute, um zu üben, zu lernen und sich auf den Wettbewerb vorzubereiten.

Ihre gemeinsamen Proben wurden zu Momenten des Lachens und der Freude, einer willkommenen Abwechslung vom Druck des Alltags.

In Marias Musikzimmer, umgeben von Notenblättern und einer Atmosphäre kreativer Energie, saßen Maria am Klavier und Alex mit seiner Gitarre.

Sie waren dabei, eine eigene Komposition zu proben – eine faszinierende

Fusion aus klassischen Klavierklängen und modernen Gitarrenriffs.

Maria begann mit einer zarten Klaviermelodie, ihre Finger tänzelten leicht und präzise über die Tasten. Die Melodie war weich und lyrisch, mit einer ruhigen Schönheit, die den Raum erfüllte. Ihre Augen waren geschlossen, als sie sich in den Fluss der Musik fallen ließ, jeder Takt ein flüsterndes Versprechen.

Alex wartete einen Moment, lauschend und abwägend, bevor er einstimmte.

Seine Gitarre brachte einen Kontrast – die Riffs waren kraftvoll und modern, doch sie ergänzten das Klavier auf eine Weise, die sowohl überraschend als auch harmonisch war. Seine Finger bewegten sich geschickt über die Saiten, erzeugten Töne, die sowohl rau als auch melodisch waren.

Das Zusammenspiel ihrer Instrumente schuf eine Dynamik, die sowohl kontrastreich als auch ergänzend war.

Marias klassische Klänge vermischten sich mit Alex' modernem Stil zu einer Melodie, die sowohl zeitlos als auch innovativ war. Es war, als würden zwei Welten aufeinandertreffen und sich zu etwas Neuem, Aufregendem vereinen.

In den intensiveren Abschnitten des Stücks stiegen sie beide in ihrer Leidenschaft. Maria ließ das Klavier singen, ihre Hände tanzten über die Tasten mit einer Energie, die sich in den Raum ausbreitete.

Alex antwortete mit lebhaften, energiegeladenen Riffs, die die Intensität noch steigerten.

Als das Stück seinen Höhepunkt erreichte, schauten sie sich kurz an – ein stiller, verständnisvoller Blick, der ihre Verbindung und ihr gegenseitiges Vertrauen in der Musik bestätigte. Dann ließen sie das Stück in einem sanften, erfüllenden Finale ausklingen.

Nachdem die letzten Noten verklungen waren, lächelten sie sich an, beide erfüllt von der Freude am gemeinsamen Schaffen.

In diesem Moment war es nicht nur ihre Musik, die harmonierte – es war ihre Freundschaft, ihre Kreativität und ihr gegenseitiges Verständnis, die in perfekter Harmonie zusammenklangen.

In Marias Zimmer, umgeben von Musiknoten und dem sanften Schein einer Schreibtischlampe, saßen Maria und Marlen auf dem Boden, lehnten sich an das Bett. Eine sanfte Melodie spielte im Hintergrund, während sie eine kurze Pause von ihren Studien machten.

Marlen beobachtete Maria, die nachdenklich in die Ferne blickte.

«Du denkst an den Wettbewerb, nicht wahr?», fragte sie sanft.

Maria nickte.

«Ja, und an alles, was danach kommt. Die Musik, meine Zukunft…»

«Du wirst großartig sein», ermutigte Marlen sie. «Du und Alex, ihr seid ein tolles Team. Eure Musik ist etwas Besonderes.»

Maria lächelte schwach. «Danke, Marlen. Aber ich weiß, dass es für dich nicht einfach ist. Du hilfst mir so viel, und doch…»

Marlen winkte ab. «Ich liebe es, dir zu helfen. Musik ist deine Welt, Maria. Bei mir ist es das Geschäft meiner Eltern. Jeder hat seinen eigenen Weg, nicht wahr?»

«Aber vermisst du es nicht, deine eigenen Träume zu verfolgen?», fragte Maria.

Marlen seufzte.

«Ich verfolge ja meine eigenen Träume. Das Geschäft zu übernehmen, es weiterzuführen und vielleicht sogar zu erweitern, das ist mein Wunsch. Es ist keine Musik, aber es ist meine Art, kreativ zu sein.»

Maria nickte verstehend.

«Du bist immer für mich da, Marlen. Ich hoffe, ich kann dasselbe für dich sein.»

Marlen lächelte.

«Das bist du, Maria. Wir unterstützen uns gegenseitig, auf unterschiedliche Weise.»

Die beiden Freundinnen saßen noch
eine Weile zusammen, lauschten der
Musik und sprachen über ihre Pläne
und Träume.

Kapitel 5

Der Herbst in Hemmelsheim brachte nicht nur ein Kaleidoskop an Farben, sondern auch eine Zeit der Veränderung und des Wachstums für Maria und Alex.

Die Farben der Blätter verwandelten sich in leuchtende Orangetöne und tiefes Rot, ein visuelles Echo der Leidenschaft und Energie, die in beiden jungen Menschen brodelte.

Maria fand sich in einem rhythmischen Tanz zwischen ihren Büchern und dem Klavier. Ihre Tage waren lang und anstrengend, aber sie spürte eine wachsende Zufriedenheit.

Die Musik, die sie mit Alex teilte, war zu einem kostbaren Zufluchtsort geworden, einer Welt, in der sie sich frei ausdrücken konnte.

In der Schule trafen Maria und Alex sich in gestohlenen Momenten – ein kurzes Gespräch am Schließfach, ein gemeinsames Lächeln im Gang. Diese flüchtigen Begegnungen waren kleine Oasen in ihrem straff organisierten Alltag, und das Zittern einer Hand, wenn sie sich berührten, verriet die Aufregung, die in der Luft lag.

Alex, der sich sowohl auf das bevorstehende Fußballturnier als auch auf den Musikwettbewerb vorbereitete, fand in seiner doppelten Verpflichtung eine unerwartete Quelle der Stärke.

Fußball gab ihm Disziplin und Entschlossenheit, während die Musik ihm Freude und Kreativität bot.

Eines Nachmittags, als die Sonne tief am Horizont stand und die Welt in ein goldenes Licht tauchte, trafen sich Maria und Alex im Park.

Sie saßen auf ihrer gewohnten Bank unter den alten Eichen und tauschten ihre neuesten Fortschritte aus.

Beide hatten ihre Gitarren dabei und spielten gemeinsam eine Version des Songs, den sie komponiert hatten.

«Es klingt einfach wundervoll», sagte Maria.

Alex nickte.

Sie sprachen über den kommenden Wettbewerb, über ihre Hoffnungen und Ängste. Maria gestand, dass sie immer noch nervös war, vor einem Publikum zu spielen. Alex, der in solchen Situationen erfahrener war, bot ihr seine Unterstützung an, und seine Worte waren wie ein Trost in dieser aufregenden, aber auch beängstigenden Zeit.

«Du wirst großartig sein, Maria. Deine Musik spricht für sich. Und ich werde da sein, um dich zu unterstützen», sagte er mit einem ermutigenden Lächeln, das wie ein Sonnenstrahl ihre Sorgen vertrieb.

Als der Abend hereinbrach, übten sie noch einmal gemeinsam. Ihre Musik vermischte sich mit den Geräuschen des Abends – das leise Rauschen der Blätter, das ferne Bellen eines Hundes. In diesem Moment, umgeben von der Schönheit des Herbstes, fühlten sie sich bereit, jedem Sturm zu begegnen, der auf sie zukommen mochte.

Das große Fußballturnier war ein Ereignis, das in Hemmelsheim mit Spannung erwartet wurde. Die Tribünen waren gefüllt mit Zuschauern, die in den Farben ihres Teams gekleidet waren, ihre Stimmen vereint in aufgeregtem Gemurmel.

Maria, die sich unter die Menge mischte, spürte die elektrisierende Atmosphäre. Sie suchte einen Platz, von dem aus sie das Spiel gut beobachten konnte, ihr Herz schlug im Takt der Trommeln und Fanfaren.

Als die Spieler auf das Feld liefen, wurde Alex mit Jubelschreien begrüßt. Er sah entschlossen aus, seine Augen fest auf das Ziel gerichtet.

Als Stürmer war er für seine Schnelligkeit und seine Fähigkeit, Chancen zu erkennen und zu nutzen, bekannt. Seine kraftvollen Bewegungen auf dem Feld zeigten eine Entschlossenheit und Hingabe, die Maria nur bewundern konnte.

In diesen Momenten erkannte sie, wie tief ihre Gefühle für ihn geworden waren und wie sehr sie sich für sein Glück und seinen Erfolg wünschte.

Das Spiel begann mit einer Energie, die durch die Menge pulsierte. Alex und sein Team zeigten sofort ihre Stärke. Sie spielten koordiniert, mit einer Präzision, die von vielen Trainingsstunden zeugte. Alex bewegte sich flink über das Feld, immer auf der Suche nach einer Möglichkeit, zum Angriff überzugehen.

In der 20. Minute ergab sich die erste große Chance. Ein scharfer Pass von einem Mittelfeldspieler fand Alex, der geschickt einen Verteidiger umspielte und aufs Tor zustürmte. Die Menge hielt den Atem an, als er den Ball mit einem kraftvollen Schuss ins Netz beförderte.

Der Jubel, der ausbrach, war ohrenbetäubend.

Maria klatschte und jubelte, ihr Herz erfüllt von Stolz. Sie sah, wie Alex für einen Moment in die Menge blickte, ihr Blick trafen sich, und er lächelte, ein strahlendes Zeichen seiner Freude und des geteilten Moments.

Das Spiel setzte sich fort, ein Wechselspiel aus Spannung und Euphorie. Alex' Team hielt den Druck aufrecht, und er war ein Schlüsselelement in ihrem Spiel. Seine Bewegungen waren fließend und präzise, ein Tanz mit dem Ball, der die Verteidigung des gegnerischen Teams immer wieder herausforderte.

In der zweiten Halbzeit stand es 2:1 für Alex' Team. Die Spannung war fast greifbar, als das gegnerische Team ihre Anstrengungen verdoppelte.

In den letzten Minuten des Spiels gelang es dem Gegner, den Ausgleich zu erzielen, was die Stimmung auf ein fiebriges Hoch trieb.

Die letzten Sekunden des Spiels waren angebrochen. Alex erhielt den Ball, dribbelte geschickt an zwei Gegenspielern vorbei und zielte aufs Tor.

In einem Moment, der wie eine Ewigkeit schien, flog der Ball in einem eleganten Bogen ins Netz – ein perfekter Treffer. Das Stadion explodierte in einem Meer aus Jubel und Beifall.

Als das Spiel endete und Alex' Team als Sieger hervorging, war die Freude unbeschreiblich. Maria kämpfte sich durch die Menge, um zu ihm zu gelangen.

Als sie sich trafen, umarmten sie sich, ein Moment des Triumphes und der Freude, geteilt zwischen zwei Menschen, die auf ihren eigenen Wegen Herausragendes leisteten.

Die Freude und das Glück spiegelten sich in ihren strahlenden Augen und dem breiten, stolzen Lächeln auf ihren Lippen wider.

Kapitel 6

Nach dem aufregenden Spiel musste Maria schnell das Stadion verlassen, um nicht in Schwierigkeiten mit ihren Eltern zu geraten. Sie warf Alex, der von seinen Teamkollegen umringt wurde, einen letzten Blick zu und eilte dann nach Hause, um ihre Verpflichtungen zu erfüllen.

Ihre Augen strahlten, und ihre Lippen trugen ein stolzes, erfreutes Lächeln, als sie sich von ihm verabschiedete.

Auf dem Heimweg husche sie noch schnell ins Bekleidungsgeschäft und erstatte Marlen Bericht.

«Ich bin so stolz auf Alex, aber gleichzeitig macht es mich nervös», gestand Maria.

«Du bist verliebt, nicht wahr?», fragte Marlen sanft. «Das ist etwas Schönes. Sei einfach für ihn da, so wie er für dich. Er wird das zu schätzen wissen.»

Alex hingegen blieb noch, um den Sieg mit seinem Team zu feiern. Inmitten der ausgelassenen Stimmung stichelte einer seiner Teamkollegen: «Hey Alex, wer war das hübsche Mädchen, das dich umarmt hat?»

Alex lächelte leicht, ein Gefühl der Wärme in sich aufsteigend, als er an Maria dachte.

«Das ist Maria, eine Freundin aus der Schule», antwortete er und bemühte sich, die aufkommende Neugierde seiner Freunde zu dämpfen.

«Na, sieht so aus, als hättest du auch abseits des Spielfelds Erfolg», scherzte ein anderer Spieler, woraufhin Alex nur lachte und das Thema wechselte.

In seinem Inneren wusste er, dass seine Beziehung zu Maria etwas Tieferes und Bedeutenderes war, als seine Freunde ahnten.

Die Zuneigung und das stille Einverständnis zwischen ihnen hatten etwas

Magisches, das sich nicht so einfach in Worte fassen ließ.

Später am Abend, als Alex nach Hause kam, wartete sein Vater auf ihn. Der Ausdruck in seinen Augen war fröhlich, und er sprach mit aufgeregter Stimme.

«Alex, ich habe mit dem Talentscout gesprochen», begann er. «Er war sehr beeindruckt von deiner Leistung heute.»

Ein Gefühl des Stolzes durchflutete Alex. Sein Lächeln konnte er jedoch nicht verbergen. «Das ist fantastisch zu hören!»

«Ja, er denkt, du könntest für ein Stipendium in Frage kommen. Aber er erwartet, dass du dich voll und ganz auf den Fußball konzentrierst», fügte sein Vater hinzu.

Alex spürte eine Mischung aus Freude und Beklemmung. Die Anerkennung war überwältigend, doch der Gedanke an die Musik und die Stunden mit Maria ließen ihn zögern.

Wieder stand er vor der schwierigen Wahl zwischen dem Wunsch seines Vaters und seiner eigenen Leidenschaft.

«Ich verstehe», sagte er nachdenklich. «Ich werde darüber nachdenken.» Sein Vater nickte, offenbar zufrieden mit dieser Antwort.

In seinem Zimmer lag Alex später wach und grübelte. Die Entscheidung, die vor ihm lag, war nicht leicht. Fußball bot ihm eine sichere Zukunft, doch die Musik und vor allem Maria hatten etwas in ihm erweckt, das er nicht ignorieren konnte. Die Gedanken wirbelten in seinem Kopf, und er fühlte sich hin- und hergerissen zwischen den Erwartungen seines Vaters und den eigenen Wünschen.

Spät in der Nacht, nachdem die Lichter im Haus bereits erloschen waren, fanden sich Marias Eltern, Johann und Elise, in ihrem gemütlichen Wohnzimmer ein. Umgeben von den Zeichen ihres eigenen musikalischen Lebens, wirkten sie nachdenklich.

«Elise, ich mache mir Sorgen um Maria», begann Johann, während er gedankenverloren mit seiner Teetasse spielte. «Sie scheint so… abgelenkt seit dieser Jungen, Alex, in ihrem Leben aufgetaucht ist.»

Elise nickte, ihr Blick sorgenvoll. «Ich weiß. Sie ist eine unglaublich talentierte Pianistin. Wir haben so viel in ihre Ausbildung investiert. Ich hatte gehofft, sie würde ihre ganze Aufmerksamkeit auf ihre Musik legen.»

Johann seufzte.

«Ich verstehe, dass sie jung ist und… eigene Erfahrungen machen muss. Aber ihre Musik, ihre Karriere – das sollte jetzt an erster Stelle stehen.»

«Vielleicht sollten wir mit ihr sprechen», schlug Elise vor. «Wir könnten ihr erklären, wie wichtig diese Jahre für ihre Entwicklung als Musikerin sind.»
«Ja, sie muss verstehen, dass einige Opfer nötig sind, um in der Musikwelt Erfolg zu haben», fügte Johann hinzu. «Und im Moment scheint dieser junge Mann eher eine Ablenkung zu sein.»
Elise seufzte nun auch.
«Wir wollen nur das Beste für sie. Aber es bricht mir das Herz zu denken, dass wir sie bitten müssen, sich von jemandem zu entfernen, der ihr offensichtlich wichtig ist.»
«Es geht um ihre Zukunft», sagte Johann fest. «Und manchmal bedeutet Liebe, schwierige Entscheidungen zu treffen. Wir müssen stark für sie sein.»
In der Stille des Raumes, umgeben von den Erinnerungen an ihre eigenen musikalischen Träume und Herausforderungen, fanden Marias Eltern eine gemeinsame Entschlossenheit.

Sie würden Maria dazu ermutigen, sich auf ihre Musik zu konzentrieren, auch wenn das bedeutete, schwierige Gespräche über ihre persönlichen Beziehungen zu führen.

Maria, umgeben von Musiknoten und Kompositionsskizzen, blickte auf, als ihr Vater das Zimmer betrat. Sein Gesicht zeigte Besorgnis, gemischt mit einer Spur von Unbehagen.

«Maria, wir müssen über Alex sprechen», begann er vorsichtig.

Maria spürte, wie sich ihr Magen zusammenzog. Sie hatte gehofft, dieses Gespräch vermeiden zu können.

«Was ist mit Alex, Papa?»

Ihr Vater atmete tief durch, bevor er fortfuhr.

«Deine Mutter und ich haben bemerkt, dass du viel Zeit mit ihm verbringst. Wir schätzen seine Freundschaft, aber wir fürchten, dass er dich von deinen musikalischen Zielen ablenken könnte», erklärte er ihr.

Maria fühlte sich in die Enge getrieben.

«Aber Alex ist ein Teil meiner Musik. Wir arbeiten zusammen an einem Stück für den Wettbewerb. Er inspiriert mich», verteidigte sie sich.

Ihr Vater seufzte und strich sich eine Haarsträhne aus der Stirn.

«Ich verstehe, dass er dir wichtig ist, aber deine Zukunft als Musikerin steht auf dem Spiel. Du stehst kurz vor dem Abschluss, und deine Aufführungen und Prüfungen sind entscheidend», sagte er, seine Stimme von der Sorge um ihre Zukunft bestimmt.

In seinen Augen spiegelte sich die Hoffnung, dass sie seine Bedenken verstehen würde.

Maria sah ihren Vater an, ihre Augen füllten sich mit Tränen. Sie fühlte sich zerrissen zwischen der Loyalität zu ihren Eltern und ihren Gefühlen für Alex.

Ein leiser Seufzer entglitt ihren Lippen, während sie nach Worten rang, die die

Tiefe ihrer Empfindungen ausdrücken konnten.

«Ich verstehe», sagte sie. Mehr brachte sie nicht zustande.

Nachdem Maria sich den Ermahnungen ihres Vaters gestellt hatte, lag sie in ihrem Bett und starrte an die Decke. Die Worte ihres Vaters hallten in ihrem Kopf wider, und sie kämpfte mit der Angst, Alex und ihre Eltern gleichermaßen zu enttäuschen.

Ihre Gedanken kreisten unruhig um die bevorstehenden Prüfungen, ihre musikalische Zukunft und die ungewisse Rolle, die Alex in all dem spielte.

Währenddessen saß Alex in seinem Zimmer, die Wände um ihn herum gefüllt mit Erinnerungen an seine Fußballerfolge. Der Talentscout hatte ihm eine glänzende Zukunft im Fußball in Aussicht gestellt, ein Weg, den sein Vater mit Begeisterung unterstützte.

Doch in dieser Nacht, während er über seine Zukunft nachdachte, wurde ihm klar, dass sein Herz woanders lag.

Alex hatte sich immer als Fußballer gesehen, aber die Musik hatte eine neue Leidenschaft in ihm entfacht, eine, die er nicht ignorieren konnte. Mehr noch, seine Beziehung zu Maria und die gemeinsame Arbeit an ihrer Musik hatten sein Leben auf eine Weise bereichert, die er nie für möglich gehalten hätte.

In den stillen Stunden der Nacht spiegelte sich sein innerer Konflikt in der Art und Weise, wie er unruhig auf seinem Bett saß und mit den Gedanken rang.

Am nächsten Morgen traf Alex eine Entscheidung, die sein Leben verändern würde. Er rief den Talentscout an und teilte ihm mit, dass er das Stipendium ablehnen würde. Es war keine leichte Entscheidung, aber eine, die er für richtig hielt.

Als er seinem Vater die Nachricht überbrachte, war die Enttäuschung in dessen Augen deutlich zu sehen.

«Alex, bist du sicher? Dies ist eine einmalige Chance», sagte sein Vater.

Alex konnte den schweren Kloß in seinem Hals spüren, als er seinem Vater gegenüberstand. Er konnte die Zweifel in dessen Körperhaltung ablesen, den leichten Ruck in seinen Schultern und den langen, suchenden Blick, den sein Vater auf ihn richtete.

«Ich weiß, Vater», begann Alex zögerlich. «Aber ich muss meinem Herzen folgen. Und mein Herz gehört der Musik», erklärte Alex fest. Und es gehört Maria, dachte er, sprach das aber nicht aus.

Sein Vater nickte traurig.

«Ich will nur, dass du glücklich bist, Alex. Auch wenn ich deine Entscheidung nicht ganz verstehe, werde ich dich unterstützen.»

In diesem Moment fühlte Alex eine tiefe Erleichterung und Dankbarkeit. Er wusste, dass der Weg vor ihm nicht einfach sein würde, aber er war bereit, für seine Träume zu kämpfen.

Er setzte sich zu seinem Vater, der gerade die Wiederholung eines Fußballspiels ansah und schaute mit ihm.

Nachdem das Spiel vorbei war und der Fernseher in der Stille des Wohnzimmers nur noch ein leises Rauschen von sich gab, saß Alex neben seinem Vater Thomas auf dem alten, gemütlichen Sofa. Die Entscheidung, das Stipendium abzulehnen, lag wie ein unsichtbares Gewicht im Raum.

Thomas brach das Schweigen.

«Alex, ich weiß, dass es keine leichte Entscheidung für dich war, das Stipendium abzulehnen. Ich will, dass du weißt, dass ich stolz auf dich bin.»

Alex blickte auf, ein wenig überrascht über die Worte seines Vaters. «Danke, Vater. Ich hatte Angst, dich zu enttäuschen.»

«Du enttäuschst mich nicht», erwiderte Thomas. «Du hast Mut bewiesen. Es erfordert Stärke, seinem Herzen zu folgen, besonders wenn es gegen den Strom schwimmt.»

Alex lächelte schwach. «Es ist nicht nur die Musik… es ist auch Maria. Sie hat mir gezeigt, dass es im Leben um mehr als nur Fußball geht.»

Thomas nickte langsam.

«Du bist jung, Alex. Es ist wichtig, verschiedene Pfade im Leben zu erkunden. Maria scheint dir viel zu bedeuten. Sie zu unterstützen und mit ihr zusammenzuwachsen, ist auch ein Teil deiner Reise.»

«Ich hoffe nur, ich habe die richtige Entscheidung getroffen», sagte Alex nachdenklich.

«Es gibt im Leben selten eine ‚richtige' Entscheidung», sagte Thomas. «Es gibt nur den Weg, den wir wählen, und was wir daraus machen. Du hast Talent und Leidenschaft. Egal, ob auf dem Fußballfeld oder am Klavier, ich bin sicher, du wirst deinen Weg finden.»

In der Stille des Raumes, umgeben von den Erinnerungen an unzählige Spiele und gemeinsame Stunden, fühlte sich Alex von der Unterstützung seines Vaters gestärkt. Es war ein Moment des Verständnisses und der Akzeptanz, ein neuer Anfang für seine Zukunft.

Kapitel 7

In den Tagen nach ihrem Gespräch mit ihrem Vater fand Maria sich in einer Welt der inneren Konflikte und des emotionalen Aufruhrs wieder.

Obwohl Marlen ihr dazu geraten hatte, auch einmal an sich zu denken und das zu tun, was sie selbst für richtig hielt, war sie es zu sehr gewohnt, alles zu tun, was ihre Eltern sagten.

Während sie ihm also auf Geheiß ihrer Eltern aus dem Weg ging, fühlte sie eine tiefe Leere. Jeder Gang durch die Schulkorridore, bei dem sie ihm aus dem Weg ging, hinterließ ein schmerzhaftes Ziehen in ihrem Herzen.

Ihre Blicke trafen sich nur noch flüchtig, und Maria drehte sich immer weg, wenn es doch mal geschah. Am Handy hatte sie ihn blockiert, damit seine Nachrichten sie nicht ablenken und umstimmen würden.

Alex, auf der anderen Seite, war von Marias plötzlicher Distanz zutiefst verwirrt und verletzt. Er hatte gehofft, dass seine Entscheidung, das Fußballstipendium abzulehnen, ihre Verbindung vertiefen würde.

Er konnte ihr nicht einmal davon erzählen. Als er beschlossen hatte, es ihr zu schreiben, wenn sie schon nicht zu einem Gespräch bereits war, stellte er fest, dass sie ihn blockiert hatte.

So fand er sich alleine wieder, mit seiner Gitarre als einziger Gesellschaft, während er versuchte, seine Gefühle in Musik zu übersetzen. Seine Hände zitterten manchmal, wenn er die Saiten berührte, und sein Blick verriet die Sehnsucht nach der Zeit, als sie Seite an Seite musizierten.

Der Verlust der gemeinsamen Proben für den Wettbewerb traf beide hart.

Maria vermisste die Harmonie, die sie mit Alex geschaffen hatte, das Gefühl, dass ihre Musik etwas Größeres wurde, wenn sie zusammen spielten. In ihrem Zimmer, umgeben von stillen Notenblättern, fühlte sich ihre Musik plötzlich leer an.

Für Alex war die Musik ohne Maria wie ein Echo einer vergangenen Zeit. Seine Texte wurden nachdenklicher, voller Sehnsucht nach dem, was hätte sein können.

Er spielte die Melodien, die sie gemeinsam geschrieben hatten, immer wieder, als könne er dadurch die Kluft zwischen ihnen überbrücken.

Als der Musikwettbewerb näher rückte, wuchs in Maria die Unsicherheit. Sie war hin- und hergerissen zwischen dem Wunsch, ihren Eltern zu beweisen, dass sie sich auf ihre musikalische Zukunft konzentrieren konnte, und dem tiefen Verlangen, Alex wiederzusehen.

Ihre Proben allein waren nicht mehr dasselbe, und sie fühlte sich zunehmend verloren.

Alex hingegen kämpfte mit dem Gedanken, den Wettbewerb ganz aufzugeben. Ohne Maria an seiner Seite fehlten ihm die Inspiration und der Antrieb. Seine Musik, einst eine Quelle der Freude, war nun von Melancholie geprägt.

In der Nacht vor dem Wettbewerb konnte Maria nicht schlafen. Sie dachte darüber nach, wie Marlen ihr immer wieder sagte, dass sie ihr eigenes Leben leben sollte und nicht immer nur das tun sollte, was ihre Eltern von ihr verlangen.

Marlen hatte Recht.

Maria wollte stark sein.

Sie wollte für sich selbst einstehen.

Am Morgen vor dem Wettbewerb ging Maria zu ihren Eltern. Vor Aufregung zitterte sie am ganzen Körper.

«Mama, Papa, ich muss mit euch reden.»

Ihr Vater zog neugierig eine Augenbraue nach oben.

«Was ist los, Maria? Bist du aufgeregt wegen heute Abend?»

«Ja, das auch. Aber es geht um etwas anderes.» Maria räusperte sich, da ihr die Stimme entglitt. «Eins vorab. Ich liebe euch beide. Doch ich … ich bin eben auch verliebt in Alex. Ich habe auf euch gehört und bin ihm aus dem Weg gegangen. Seitdem kann ich nicht mehr schlafen, mich nicht konzentrieren und fühle ständig diesen Schmerz in meinem Herzen.»

Marias Mutter wollte ihr ins Wort fallen: «Aber Kind, wir wollen nur …»

«Mein Bestes. Ich weiß. Dann müsst ihr aber auch akzeptieren, dass ich meine eigenen Entscheidungen treffen kann.

Mir liegt viel an der Musik. Ich würde sie nie aufgeben. Aber es gibt auch ein Leben außerhalb des Lernens. Ein Leben, das ich mit Alex und mit Musik verbringen kann. Ich hoffe, ihr könnt das akzeptieren.»

Ihr Vater stand auf und breitete seine Arme aus. «Maria, wir lieben dich auch. Deine Mutter und ich werden wohl damit klar kommen müssen, dass du erwachsen wirst.»

Er lächelte.

Maria strahlte.

Sie ließ sich in die Arme ihres Vaters fallen und erwiderte seine Umarmung.

Erleichtert machte sie sich auf den Weg zu Alex, um mit ihm zu reden.

Doch Alex war leider nicht zuhause. Sein Vater konnte Maria nicht sagen, wo er ist. Traurig suchte sie Marlen auf.

«Maria, was machst du denn hier? Solltest du dich nicht für deinen Auftritt vorbereiten?», fragte diese.

«Ach Marlen», sagte Maria seufzend. «Ich habe mich endlich getraut und meinen Eltern die Meinung gesagt. Ich stehe zu Alex und mir. Ich stehe für das ein, was ich will. Doch Alex ist nicht auffindbar. Sein Handy hat er scheinbar ausgeschaltet. Ich weiß nicht, ob ich den Auftritt heute Abend schaffe, ohne vorher mit ihm geredet zu haben.»
Ihre Freundin tröstete sie.
«Ich bin mir sicher, Alex wird zum Wettbewerb erscheinen. Spätestens da kannst du ihm sagen, was los ist. Alles wird gut, ich verspreche es dir.»
Maria wischte sich die Tränen aus den Augen und nickte.
«Du hast Recht. Ich habe es geschafft, meinen Eltern zu widersprechen und für mich einzustehen. Alex wird mich verstehen. Ich hoffe es zumindest.»
Sie machte sich auf den Weg nach Hause, um doch noch ein bisschen zu üben.

Alex hatte sich in den Park zurückgezogen. Er saß auf der Bank, auf der er so oft mit Maria gesessen hatte, und dachte darüber nach, wie es weitergehen sollte.

Es begann bereits zu dämmern, als er jemanden sah, der auf ihn zu rannte.

Es war Marlen.

In der Halle blickte Maria sich ständig nach Alex um, doch sie konnte ihn nirgends entdecken. Dann wurde sie zu ihrem Auftritt aufgerufen.

Sichtlich nervös betrat Maria die Bühne. Für einen Moment schaffte sie es, sich zu konzentrieren. Sie setzte sich ans Klavier und begann zu spielen.

Anfangs waren ihre Finger sicher und ihre Melodie klar, aber nach einigen Takten begannen ihre Hände zu zittern. Sie versuchte, dranzubleiben, aber die Noten auf dem Blatt verschwammen vor ihren Augen. Panik stieg in ihr auf, und plötzlich verlor sie den Faden ihrer Melodie. Ein Blackout.

In diesem Moment der Stille, als die Enttäuschung in der Luft zu schweben schien, betrat Alex überraschend die Bühne. Mit seiner Gitarre in der Hand und einem beruhigenden Lächeln begann er, die ersten Töne ihres gemeinsamen Stücks zu spielen.

Die Melodie war weich, aber eindringlich, eine sanfte Einladung an Maria, sich der Musik hinzugeben.

Ermutigt durch Alex' unerwarteten Einsatz fand Maria ihren Mut wieder. Ihre Hände bewegten sich nun frei, als sie in das Stück einstieg, ihre Finger tanzten über die Tasten und fanden den Weg zurück zur vertrauten Melodie.

Das Klavier antwortete auf die Gitarre mit einer tiefen, gefühlvollen Harmonie, die an Intensität zunahm, als sie in das Stück eintauchten.

Die Melodie entwickelte sich zu einem Dialog zwischen Klavier und Gitarre. Marias Spiel war von einer berührenden Emotionalität, die in perfektem Kontrast zu Alex' lebhaften und kraftvollen Gitarrenklängen stand. Gemeinsam woben sie eine musikalische Erzählung, die von zarten Momenten der Introspektion bis hin zu kraftvollen, leidenschaftlichen Höhepunkten reichte.

Das Publikum war gefangen in der Dynamik ihrer Aufführung. Jeder Ton, jede Pause, jedes Crescendo zog die Zuhörer tiefer in die Welt, die Maria und Alex erschaffen hatten. Als das Stück seinen emotionalen Höhepunkt erreichte, waren die Zuhörer vollkommen von der Performance gefesselt, gefangen in der Magie des Moments.

Mit dem letzten, sanften Akkord endete das Stück, und für einen Moment herrschte absolute Stille. Dann brach der Saal in begeisterten Applaus aus, ein Meer aus Klatschen und Jubelrufen, die Anerkennung für die tiefe Verbindung und das außergewöhnliche Talent, das Maria und Alex geteilt hatten.

Auf der Bühne sahen sich Maria und Alex an, ein Lächeln der Erleichterung und des Triumphs auf ihren Gesichtern.

Marlen, die Alex noch rechtzeitig gefunden hatte, saß mit Tränen der Freude in den Augen im Publikum.

Als das Stück endete, herrschte einen Moment lang Stille, bevor der Applaus einsetzte, erst zaghaft, dann immer lauter werdend.

Nachdem der letzte Ton verklungen war und der Applaus langsam abebbte, verließen Maria und Alex die Bühne.

Die Energie und die Magie ihres gemeinsamen Spiels hingen noch in der Luft, ein Zeugnis ihrer tiefen musikalischen und emotionalen Verbindung.

Ihre Blicke trafen sich, und in ihren Augen spiegelte sich das Glück über die gelungene Aufführung und die Bestätigung ihrer starken Bindung.

Sie bekamen es kaum noch mit, als der Veranstalter ihren Sieg verkündete.

Marias Eltern, die unter den Zuschauern saßen, waren tief bewegt von dem, was sie gesehen und gehört hatten. Ihr anfängliches Zögern gegenüber Alex verwandelte sich in ein neues Verständnis. Sie erkannten, dass er nicht nur ein Freund, sondern eine wahre Inspiration für Maria war. Seine Anwesenheit auf der Bühne hatte sie nicht abgelenkt, sondern ihr geholfen, ihr volles Potenzial zu entfalten.

Nach der Veranstaltung trafen Maria und ihre Eltern Alex hinter der Bühne. Ihr Vater, der sonst so wortkarg war, streckte Alex die Hand entgegen.

«Ich muss zugeben, dass ich mich geirrt habe», sagte er ehrlich. «Du hast unserer Maria geholfen, auf eine Weise, die wir nicht für möglich gehalten hätten. Es war nicht nur das von euch gespielte Stück, das einfach fantastisch war. Durch dich hat mein Mädchen an Selbstvertrauen dazugewonnen. So mutig wie heute früh habe ich sie noch nie erlebt.»

Sein Lächeln drückte Anerkennung und Dankbarkeit aus, während er Alex fest die Hand schüttelte.

Nach dem Konzert verließen Maria und Alex das Veranstaltungsgelände und machten sich auf den Weg zu ihrer Bank im nahegelegenen Park. Der Abendhimmel war mit Sternen übersät, und die sanfte Brise trug den Duft von Blumen und frischem Gras mit sich.

«Danke, dass du für mich da warst», flüsterte Marie und wagte es kaum, Alex in die Augen zu schauen.

Dieser lächelte und sagte: «Ich habe zufällig Marlen getroffen. Sie hat mir alles erklärt. Sie hat mir auch gesagt, dass du heute früh deinen Eltern die Meinung gegeigt hast.»

Ihre Blicke trafen sich, und ein leises, fast unmerkliches Lächeln huschte über ihre Lippen. Es war ein Lächeln voller Sehnsucht und Verlangen, das die Luft zwischen ihnen elektrisch auflud.

Ohne ein Wort zu sagen, beugte sich Alex langsam vor und näherte seine Lippen vorsichtig denen von Maria.

Der Kuss war zart und voller Leidenschaft, ein Ausdruck ihrer tiefen
Gefühle füreinander. In diesem
Moment schien die Welt um sie herum
zu verschwinden, und es gab nur noch
sie beide und die intensiven Emotionen,
die sie teilten.
Als sie sich schließlich voneinander
lösten, lächelten sie sich verliebt an.

Epilog

Einige Jahre waren vergangen, seit Maria und Alex gemeinsam den Musikwettbewerb gewonnen hatten.

Ihre Reise hatte sie von den vertrauten Straßen ihrer kleinen Stadt zu den weitläufigen Hallen einer renommierten Musikuniversität geführt.

Hier, umgeben von anderen talentierten Musikern, hatten sie nicht nur ihre musikalischen Fähigkeiten, sondern auch ihre Beziehung zueinander vertieft.

In der Universität waren sie als Paar und als musikalisches Duo bekannt.

Ihre Leidenschaft für die Musik und füreinander hatte sich in den Jahren ihres Studiums weiter entfaltet. Sie verbrachten ihre Tage in Proberäumen, komponierten gemeinsam und traten bei Universitätsveranstaltungen und lokalen Konzerten auf.

Ihre Musik, eine faszinierende Mischung aus klassischen und modernen Einflüssen, spiegelte ihre gemeinsame Reise und ihre sich ergänzenden Persönlichkeiten wider.

Maria hatte sich zu einer herausragenden Pianistin entwickelt, deren Gefühl für Melodie und Harmonie ihresgleichen suchte. Alex, dessen Talent an der Gitarre und als Komponist in der Universitätsumgebung aufgeblüht war, fand in Maria nicht nur eine musikalische Partnerin, sondern auch eine Quelle der Inspiration und des tiefen Verständnisses.

In ihren zahlreichen Nachrichten und Videobotschaften an Marlen erzählte Maria von ihren Erfolgen. Marlen, die in Hemmelsheim geblieben war, um das Geschäft ihrer Eltern zu übernehmen, war auch aus der Ferne nach wie vor Marlens und nun auch Alex' größte Unterstützung.

Sie hatte wie geplant den Laden modernisiert und umgebaut.

Sie besuchte nahezu alle Konzerte der beiden und postete Videos ihrer Musikstücke in den sozialen Medien.

Sie war sehr stolz auf ihre beiden besten Freunde.